我的單身
不命苦

我的單身不命苦

CONTENTS

啊呵
是森下
小姐耶

大家好

初次見面，
我是森下惠美子。
對於現在正把《我的單身不命苦》
捧在手上的你，
致上我最真誠的感謝。
我，水瓶座O型，職業為銷售業，
一個人住在附客廳與廚房的公寓式小套房。
年屆30的我目前還是單身，
恰巧處於戀愛空窗期。

我經常在思考，一般人對於
「30歲的單身女郎」到底抱持什麼看法。
然後捫心自問：「我這樣子真的好嗎……」
（話說回來，萬一答案是「糟透了」，那也很尷尬……）
我把這樣的生活情節畫下來，參加comic essay大賽，
沒料到竟然能在網路上連載，
更萬萬沒想到最後
變成了這本書。心裡非常開心，
又有點小害羞……。
我只是個剛出道的菜鳥，

第一章 朝著目標大步邁進

初次見面，我是惠美子

自尊心強又愛面子的我
加上目前31歲仍是孤家寡人一個，生活中充滿各種難言之隱。
在書店買書時
我想買這本⋯⋯
東張
西望
其他人會不會認為我已經年過30日子想必慘澹無光一點也不精采
30歲的你如何活得更精采
好——買這本還有那本
10幾歲少女看的時尚雜誌
no-ho
摩登主婦
歐巴桑雜誌
這樣一來別人就不知道我的真實年紀了⋯⋯
總共2500円
呵呵呵⋯⋯
無動於衷

習慣成自然

美麗的最終武器

30歲以上的女人特別熱中於交換美容保養的相關訊息
Q10效果不錯哦
妳有用過天然礦物泥嗎？
只要看起來像20出頭就算30歲也無所謂啦
但單身這一點就不妙了
熱烈
討論
我的黑眼圈和眼周小細紋怎麼都弄不掉
妳們有什麼好方法嗎？
這種煩惱我能體會
難道非買眼部專用精華液不可？
資生堂之類的
或者喝膠原蛋白？
可是聽說不便宜—要不要按摩試試看？
我知道一個好方法
咦？什麼方法
只要戴上眼鏡就好啦—
對於狀況嚴重的人最有效！
惠美子，這也算美容法喔…？

美

令人苦惱的無名指

即使很想買個戒指

到底哪個戒指
可以讓我看起來
雖然年過30
沒有男友
卻有很多追求者咧…

虛榮的手機簡訊

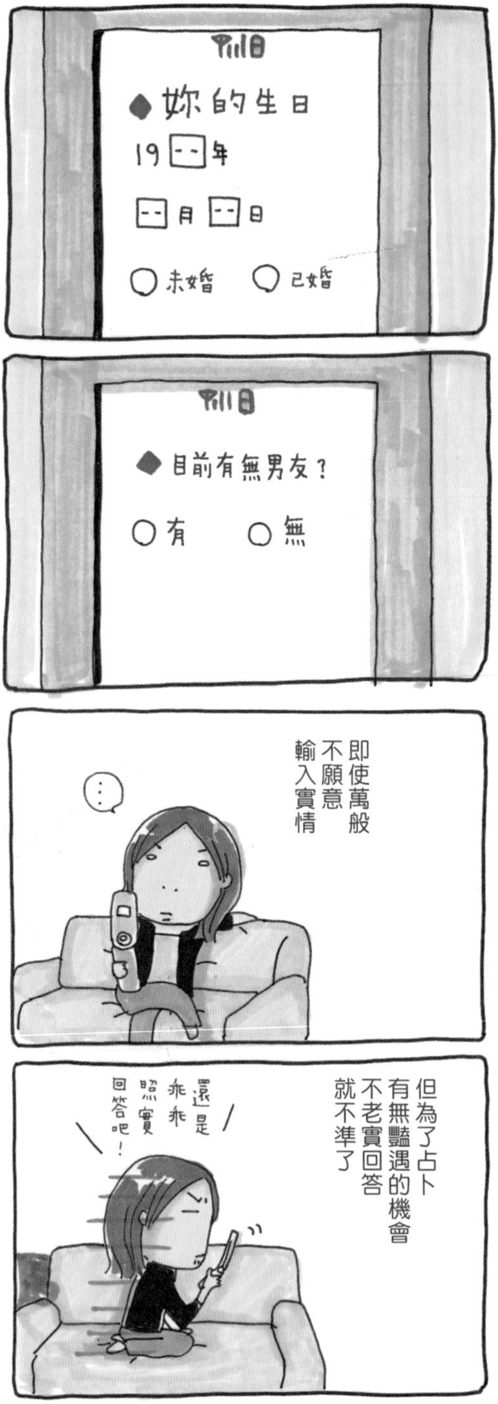
◆妳的生日
19□年
□月□日
○未婚　○已婚
◆目前有無男友？
○有　○無
即使萬般不願意輸入實情
…
但為了占卜有無豔遇的機會不老實回答就不準了
還是乖乖照實回答吧！

買個安樂窩

月付65000日圓⋯
嗯—
心動
不已
也是買不起⋯

不過⋯

想要買房子
如今能先做的就是—
為了償還30年貸款
努力鍛鍊強健的體魄
呼
呼

之後…

朝著目標
奮勇向前的感覺真好
我回來了!!
呼ー
目前單身窩
在公寓小套房
的我
屬於自己的房子
還是經常幻想能擁有
這裡是
臥室…
這裡擺張
大沙發
至少要有
兩房一廳
婚後才夠
兩個人住
但萬一老公
外調他地或
家中人口增加的話
該怎麼辦?
呵呵
嗯呵
又萬一
我嫁到
外國去咧?…
啊
萬一被
詐婚集團的人
騙了怎麼辦?
目前31歲
沒男友

如果現在手頭上有一億円就能買房子了
完全沒考慮到現實問題（無存款收入又少）
還有之後的養老金
不過跟那些一心想買房子的人聊過後
自己對於購屋也產生濃厚的興趣
因為在銀行工作對貸款的事非常了解
房租的錢都足夠拿來付房屋貸款了
嗯
嗯
打鐵要趁熱
馬上就去那裡吧！

問也不是　不問也不是

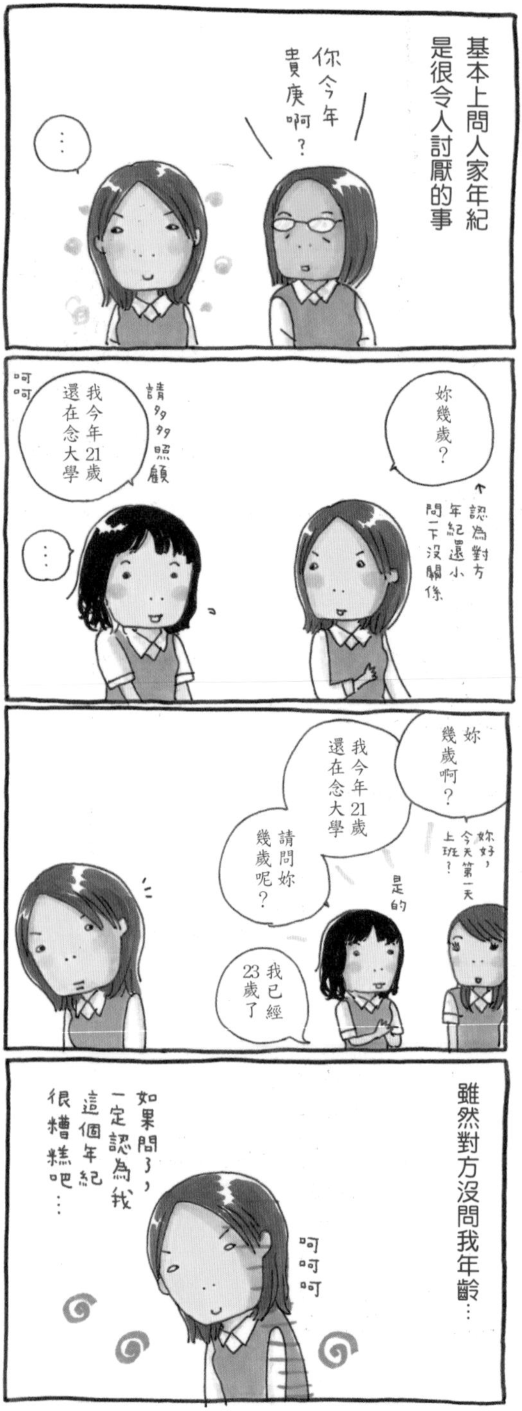
基本上問人家年紀是很令人討厭的事
你今年貴庚啊？
⋯
妳幾歲？
認為對方年紀還小問一下沒關係
請99 99照顧
我今年21歲還在念大學
呵呵
⋯
妳好，今天第一天上班？
是的
妳幾歲啊？
我今年21歲還在念大學請問妳幾歲呢？
我已經23歲了
雖然對方沒問我年齡⋯
呵呵呵
如果問了，一定認為我這個年紀很糟糕吧⋯

交朋友

上街
買東西時
歐巴桑軍團
少婦
…
上班族
學生族
倒是沒見過
30歲單身族
心裡怪
忐忑的
去這裡
應該能找到
不少同伴吧…
說不定能
變成好朋友…
完全搞錯
活動宗旨
只限30歲
以上
相親約會

永遠在一起

我居住的公寓裡
有很多對同居男女
今天想吃些什麼呀？
樓下還有另一對情侶
幸好同公寓對面的某戶裡
還是有個人能跟我作伴
她的單身資歷比我還長（5年以上）
年紀似乎比我還大可能也是因為沒有男友而依然小姑獨處
偶爾會在便利商店相遇
成了點頭之交
點頭
點頭
如果那個人搬走了我應該也撐不下去了吧…
呵～你這小壞蛋♥
那盞燈若是熄了那麼我…
我這習慣是沒救了吧…呵呵…
30歲單身版的「諾亞方舟」？
嗯～討厭啦♥

晚婚嗎?

非常在意旁人
如何看待
「30歲依然單身的我」
星期天的超市
一個人看起來很孤單吧?
24歲就結婚會不會太早呀
我20幾歲時滿腦子只想著玩畢竟人生就是要及時行樂呀
即使現在已經30歲也無所謂啦
頭條!結婚快訊!!
沒想到現在的年輕女孩也有晚婚傾向?
唔—
啊
討厭
說不定是大家為了安慰我才故意那樣說的
真是難為大家了
不知道太遲鈍還是太敏感
老是自己一個人大驚小怪

因為「30歲仍單身」
而被投以
關愛眼神的我
（尤其是被那些
年輕女孩）
心裡對她們
真是抱歉
其實我
沒有那麼
在意啦
但偶爾
佐藤決定
嫁人囉——
那
恭喜她了——

妳不必
太在意啦
也不要
有壓力哦
也會遇到這種
關心得莫名其妙的人
我相信
妳嫁得
出去的
啊…
多謝關心…
這時候……

我會努力表現出幸福而堅強的假象
光芒四射
過幾天我要去沖繩度假哦
接下來要學瑜伽，希望能再瘦個3公斤
之前還有人跟我搭訕呢
（想像圖）
這一招我也經常在父母面前賣弄
我實在太熱愛工作了
妳開心就好啦
（還是想像圖）
我身旁的人到底都是如何看待我的呢？
嗯—
大概都覺得我像個笨蛋吧？

擋不住的年輕氣息

和20出頭的年輕女孩一起輪值日生
今天剛進公司外形可人
請多指教
好像滿緊張的
別客氣～
興奮不已
啊
那個很重吧
不管大小事都異常關心的我
那個很髒我來就行了
那邊我用抹布擦吧
灑——
沒關係，我已經在打掃了
呼——嘿咻
當拐杖用
完全就像個歐巴桑
？

鼓腮…

真是的—
啊哈哈哈哈
鼓腮—
打呵欠
鼓腮—
這個動作
啊哈哈哈哈
會馬上出現並消失
鼓腮—
想到會因此出現法令紋
絕不是因為在生氣唷
鼓腮—

無法強求

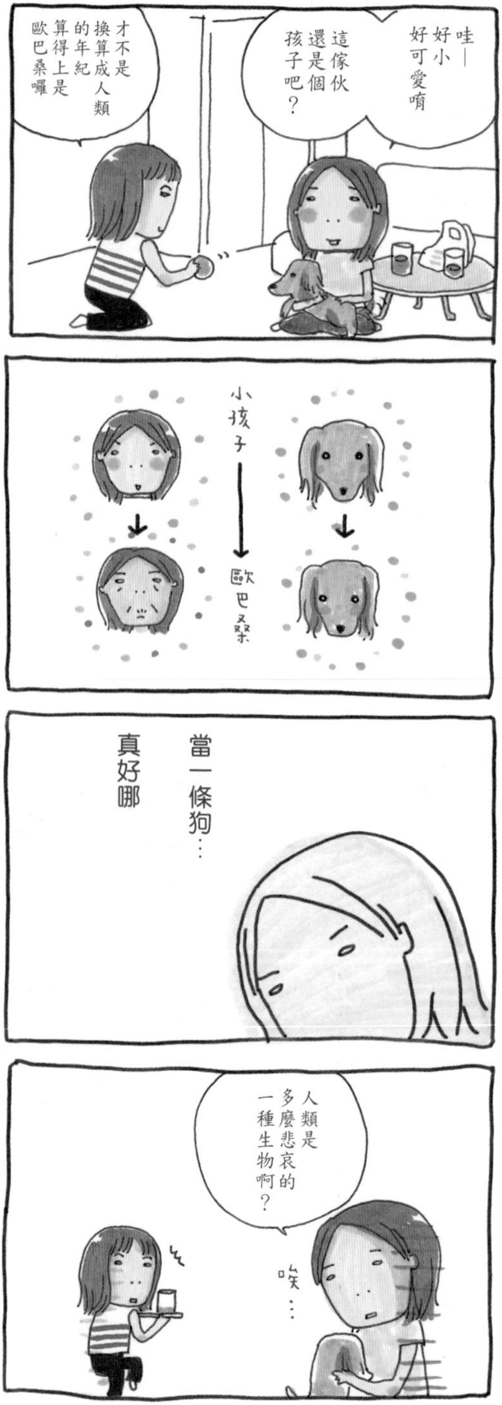
哇—好小好可愛唷
這傢伙還是個孩子吧？
才不是換算成人類的年紀算得上是歐巴桑囉
小孩子
歐巴桑
當一條狗…
真好哪
人類是多麼悲哀的一種生物啊？
唉…

花花世界

這麼說來你們要搬回來這裡囉？
嗯 我老公已經決定在這裡上班了
房租貴 物價又高…
要在東京生活實在不容易呀
的確東京30幾歲未婚者的比率也最高…
全國 26.6%
東京 38 %
這方面的消息倒是靈通得很
看來滿適合我的耶—
呵呵
來來乾杯
有孩子的人還是適合住鄉下啦
憧憬

KTV的糾葛

拗不過公司裡那群年輕小夥子的慫恿勉強跟著一起去了KTV
在座只有我超過30歲年紀最大請多包涵了
好久不曾有這種熱鬧的感覺了—
先挑幾首會唱的吧
啊呵
「a-ko」的歌
駕輕就熟
生疏
怎辦？沒有其他會唱的歌—
不想輸給這些年輕人
最近的流行歌曲哪首是我這把年紀唱起來不會讓人覺得奇怪的？
這陣子KTV都流行唱哪些歌啊？
連濱崎步都落伍了？
不停
想太多
翻頁
森下小姐我可以接受點唱哦
不想輸給這些年輕人
點唱哪首歌才不會被笑是LKK呀？
啊呵
GLAY已經不紅了嗎？
不停
翻頁

放棄唱歌的事
將注意力
轉移到吃喝上
洋蔥圈
真好吃
嚼
嚼
嚼
這個越南春捲
也超好吃－
煎餃
太美味啦－
大吃大喝
……
嚼
嚼
就在剎那間
我瞄到了
放在桌旁的
免洗筷和盤子
僵－
用手抓
我的餐具
我簡直
和原始人
沒兩樣
真丟臉
這些年輕人
都很貼心的
任由我這個老人
在這裡撒野
森下小姐，
那是攪拌匙…
用力吸
嗯－
嗯－

豁出去了

餐飲
菜單

在KTV確實
能感受到
與年輕人之間
的代溝～
通常會結伴
一起去唱KTV的
幾乎都是
很熟的朋友
想唱什麼
就唱什麼
女性友人
渾然忘我
不過在這種情況
（男女4：4）
下要選歌
就很麻煩了
（而且都是年輕人）
選好了沒呀—
唔—？！
我一定要選
一首讓人
覺得可愛
又有
氣質
還會
引起共鳴說
啊—
「我最愛
這首歌了」
熱情邀約
「下次一起去
聽現場演唱吧」

甚至之後還想和我約會的歌！
31歲單身徵男友中
（天底下哪有這種歌啦！）
「年輕人的歌」會冒出這種話我真的老囉……
以前常聽老媽這麼說
這是年輕人穿的衣服吧？
即使沒唱歌，光是沉浸在這種氣氛裡也挺開心的
讓人充分感受到年輕人的活力
30歲的老妖怪
哇—
哈哈哈
被當成老人般伺候的我行為舉止也的確像個老人…
小森啊
姐下—
慌慌張張
打翻

家電壽命與我的…

我很愛煮菜
但卻超討厭
洗碗～
乾脆買台
「自動洗碗機」
吧～
但家裡
就我一個人住
買那種東西
會不會太浪費了
不過現在先買
等結婚之後
還是能用啊
沒關係啦
可以當嫁妝
帶去繼續用
可是…
以這個理由
買的一堆家電
沒辦法
加熱了…
在我嫁人之前
都差不多
壽終正寢了
已經買
第二台了

床上的秘密…

渾身痠痛~昨晚可能沒睡好
妳還好吧？
最近開始和男友同居我那張單人床要塞兩個人實在太擠了—
唔—
牆
男友
擠
擠
唉—
真想換張雙人床—
我了解單人床真的太擠了—
我每次起床也會渾身痠痛呢—
唉—
哦？妳什麼時候交男朋友了？
不愛整理的懶女人 →
唔—

皺紋的原因

有時起床後
眉間都會
出現皺紋—
天哪—
上班前
一定要趕緊弄掉
塗塗
啪
平常還是得買些好一點的保濕面膜以備不時之需啊…
30歲還單身這件事
雖然表面上不在意
但無形中還是造成自己
很大的壓力吧
皺紋是很難撫平的
工作…人生…
唔
嗯
作惡夢
我看還是吃一點能消除壓力的健康食品或做做芳療吧
唉…
瞎猜了半天
其實原因
很簡單
就是
「光線太亮啦」
因為床頭換了個方向…
真刺眼…
好熱…
換個新窗簾
就沒事了

不好意思
我的集點卡
不見了
那就再
補發一張
吧
請告訴我
您的名字
電話號碼和
出生年月日
嗶
嗶嗶—
（錯誤聲）
ㄟ？
您之前
辦卡後
有改過
電話號碼嗎？
嗶嗶—
ㄟ？
沒有…
啊
當初辦卡時
我好像謊報了
出生年月日…
要更改
出生年月日…
有啦…
但一般人
不會更改
這個吧
我還是
重辦一張好了…
這樣嗎？

奇怪？

我習慣少報年齡
生日填197…6年還不算離譜吧？
隨便亂填
但卻經常忘記這回事
也想不起來當時是少報了幾歲…
因而經常發生這類糗事
我有個比我小6歲的妹妹今年剛好25歲～
就像這樣
ㄟ…奇怪？小6歲？…
沒什麼大不了吧？不過就差個2、3歲嘛…
不必太計較啦…

我倒是沒那麼在乎自己的年紀了——
無所謂啦
那是因為妳已經結婚了……
說不在意是騙人的
這就是待嫁女兒心哪♥
懂嗎♥
從此以後，只要談到年紀，就彷彿上演一齣推理劇
年齡？啊哈哈……到底是幾歲呢？
啫？該不會連這個都忘了？
妳還好吧？

三步即忘?

電梯一直停在樓下不上來
人家等著去一樓耶
不
耐
煩
去看看到底是誰把電梯卡在樓下了
拜託！還有別人等著用電梯，你們要佔用到什麼時候啊！
啊
對、對不起
真受不了最近的年輕人…
呼
爬
爬
呼
我幹嘛還特地爬樓梯回來呀
啊

「敗」字…

前陣子信箱裡收到一張有趣的傳單
新婚夫婦
敗犬族
家才是令人安心的所在
想買個屬於自己的安樂窩嗎？
2LDK～(2480萬日圓)
還是手寫的…

註：在日本，過了30歲卻未婚的女性，
就如同人生戰場上的失敗者，稱之為「敗犬」。

如果把「敗犬」改成「敗貓」之類的，感覺上就可愛多了～

或者把「敗犬遠吠」改成「敗貓遠吠」…
就像「賊貓」啊
發情期……？
「夜貓族」啊

拜託，重點是在「敗」這個字好不好？

馬上就好了

「回家後只要15分鐘就能輕鬆上菜的晚餐料理」
嗯…好像滿好吃的

「起床後只要15分鐘就能輕鬆完成的便當」
喔—真簡單呢

做法簡單，經濟實惠
只要15分鐘就能做好，回家再累也能馬上變出一桌飯菜

但是我得額外再花30分鐘來整理這些…
亂七八糟
無力…

咕嚕

想像力保養術

一邊保養肌膚，
一邊運用想像力
來加強效果

真希望自己
能和加藤蘿莎
一樣，擁有光滑
柔嫩的肌膚

等等…蘿莎
對我來說
好像太
年輕了吧？
那種
光滑柔嫩
是因為
「年輕」
的關係
要當目標的話，
至少要選和自己
年紀差不多的
比較實在…

嗯—
松嶋菜菜子？
啊，不行，
她結婚了～

深津繪里也滿可愛的～
但她是因為有錢
才能那麼漂亮吧～
畢竟是藝人

把藝人當成目標
根本就搞錯方向了嘛～

氣球
光滑
瓷器
光澤
閃亮

與寂寞的相處之道

家裡只有自己一個人時，會不會覺得寂寞？
ㄟ？
不會呀…
放假時我幾乎都在打掃、洗衣服
打掃
洗衣服
打掃
丟
丟
吸—
呼—
打掃完畢後就覺得這個假日過得好充實
放假時一個人在家，妳都做些什麼？
會不會覺得寂寞？
ㄟ？
不會呀…
放假時我幾乎都在打掃、洗衣服
打掃
洗衣服
打掃
丟
丟
吸—
呼—
打掃完畢後就覺得這個假日過得好充實
看來，家裡髒亂對於舒緩寂寞似乎有一定的療效？…

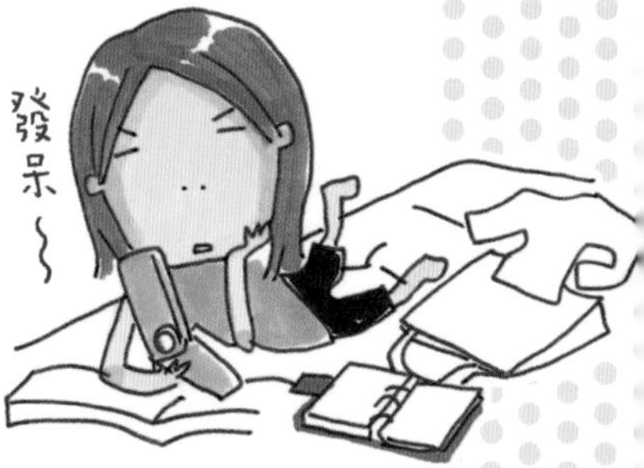
發呆～

夏日的黑惡魔

遇到這種情況時千萬要冷靜
碎碎唸
現在對付牠的話，很可能躲進冷氣機內，還是等牠再往下爬一點吧
等牠進入那個位置
休息中
獨自奮戰
先準備制敵工具
輕一點，可別打草驚蛇…
緊張
緊張
戴：橡膠手套
利用泡沫讓牠動彈不得
殺蟲噴劑
(推薦的兩款武器)
這是我的房子！想住這裡的話
就得付出代價！
喝～
看我的二刀流!!
獨居邁入第14個年頭
成功了!!
呼ー
嚴重

之後…

只要有移動的
小黑點進入我的視線範圍時
也就是我獨居生涯
最恐怖的一刻
一旦被我發現
就別想活著回去！
這是我不變的鐵則
但這副德行死
也不能讓其他人看見…
受死吧！
尖聲怪調
噴
噴
縮腰
喝
話說回來，
也因為
沒有
其他人，
只好自己
動手
淚眼婆娑…
呼
呼

我的房間裡危機四伏…
因為有太多地方能讓蟑螂藏身
唔——
不收拾的話…
（絕不是因為髒哦，只是亂了一點）
雖然我連殺蟲劑上畫的蟑螂圖案都遮起來了
貼膠帶遮住
有時還是會誤將殺蟑誘餌看成蟑螂
嚇
如果能搬到大一點的房子，就不必為了區區一隻蟑螂而飽受驚嚇了
真希望身邊有個親密愛人，能勇敢的幫我趕走蟑螂
懷著這個幻想，今天依舊要打起精神，堅強地面對獨居生活！

緊急狀況發生！！

沒想到…
沒想到這種事竟也會落在我身上…
動搖
不已
心動
總之，當務之急就是趕緊收拾房間
因為—
現在門外有個男人正等著我呢
害臊
嬌羞
晚上加班結束後，同事相約小酌一番
然後又去唱KTV…
回家時一起搭計程車
等一下可以去森下小姐家嗎？
沒想到事情突然就這麼發生了！
田村君…雖然我跟他不熟…
呵呵呵…年紀比我小一點…也無妨啦
心跳
緊張

在那一瞬間，腦中閃過無數個念頭
好久不曾這樣了
但房間好亂啊
應該ok吧！
也許是個好機會？
但房間好亂啊
但房間好亂啊
但房間好亂啊
別想太多了啦
好…好啊
我想稍微整理一下房間，你先在外頭等我好嗎？
好啊，沒關係
別讓我等太久哦
可是…
唔——
還真會挑時間哪
沒時間發呆了
把散落一地的東西集中～
啪
用力
然後全塞進櫃子裡！
撿
撿
散落四處的衣服全堆到沙發上～
呼
呼
啪
再用布蓋起來！

這種東西萬一被看見，我不如一頭撞死算了
危險!!!
體重表
扯下
這堆漫畫…
在一個30歲單身女子房裡看見成堆的漫畫，人家會怎麼想？
是驚訝？還是更有親切感？
這些健身器材要擺哪裡好啊？
乾脆藏起來吧？
泡腳機
腳部按摩機
啞鈴
不停收拾
拚命整理
呼
呼
我這個豬頭
氣惱—
房間怎會弄得這麼亂啦！
電視劇裡的30歲單身女子，房間幾乎都保持得簡單又乾淨
這就是一般大眾的印象
這種房間才會不斷有戀情發生—
不好意思，突然來打擾…
開門
怎麼啦？突然跑來…
抱緊

我在20幾歲
正逢熱戀期的
花樣年華時
房間也是
整潔又乾淨—
好久以前的事了……
隨時等著
男友上門
如今，
身邊好久
沒有男伴了
也沒有
男人會
突然來訪…
因為
沒壓力，
於是便
鬆懈了…
房間如此凌亂
深切反省
表示
我對愛情
毫無警覺性
實在
愧為女人哪！
如今
也許是我
重返現實的時候
但是…
嘟嘟…
2005/
田村君
好了沒？
當然還沒呀…
我只收拾了
衣服和
垃圾…
房間整理
到此
就行了吧
接下來是…

廁所和浴室也許會用到…
對了
轉頭
那邊也得整理一下！
髒~亂
等下會經過廚房
1DK
轉頭
那邊也得整理一下！
一如往昔…
髒~亂
無力……虛脫
不如把他的眼睛遮住，直接帶進房間？
唔
這邊
這樣嗎？還是那樣
或者跟他說廚房遭小偷了？
自言自語
聽起來都很離譜
無力

早知如此應該一開始就拒絕他的……
雖然很期待
呆
只是，有人約的感覺真好
即使對方可能只是隨口問問
但要是拒絕機會就沒了，實在可惜
各種念頭在腦中打轉……
唉
到底……
該怎麼辦—
有什麼好藉口呢…
很抱歉，今天還是請你先回去吧
人家都等了這麼久，別開玩笑了
抱歉，家裡實在太亂，還是去旅館吧？
但我的興致沒那麼高
苦笑
咳
咳
我的身體不太舒服…
我爸媽待會兒要來…
自言自語

……
嗯?
唔……
驚慌
完了
怎麼辦
手足
無措
啊
趕快打簡訊道歉吧
慌張
慌張
對方果然沒回應
這段萍水相逢的戀情,就這樣無疾而終了—
趴倒..

女性荷爾蒙萬歲

山藥
納豆
豆腐

女人年過30後，
就要更注意荷爾蒙的攝取
吸ー
但平常
光靠飲食，
似乎沒辦法
補充足夠的分量……
咦？
妳最近
好像都不在
員工餐廳
吃飯？
嗯，
我都到
外面去吃～
要活化女性荷爾蒙，
就得
讓自己
保持
心跳加速
特地選了一家
男性上班族特別多的麵店，
增加豔遇的機會。

改頭換面

害羞的把雜誌遞給設計師看，
好久沒有燙頭髮了
惹人憐愛的當紅髮型
蓬鬆充滿女人味
髮型雜誌
……
髮型設計師
請他幫我換個造型
讓人放心的意見
啊，森下小姐燙頭髮啦？
呵呵
很好看—
這個髮型很適合妳耶~
讓人不放心的意見
啊，惠美子燙頭髮啦？
還不錯嘛，看起來滿有魄力的
很強悍的樣子哦~哈哈哈
綜合結果
強悍而有魄力
+
這個髮型適合妳
……
複☆雜

從這個角度
完全看不見雙下巴與皺紋
看起來更年輕
也就是說，如果對方是高個子
就會覺得我既年輕又可愛囉
(重點是對方身高至少要有200公分)
所以相親時我一定要採取跪坐
等人的時候也要維持這個姿勢
…
森下小姐，麻煩一下
請幫我影印這個…
啥事呀？
休—

仰角45度

我是怎樣的人？

可是您完全看不出來已經30歲了耶～
哦，是嗎？
嘴巴真甜咧～
也有人這樣說過我啦
但從同性的嘴裡說出來，想必是客套話…
萬萬不能就這樣相信了
這種客套話，可不能信以為真
真正的我到底是？
來問問這位古意男的意見吧…
你想，20多歲的男生會喜歡我這一型的嗎？
啊 這個…
交情還不錯的後輩
你就直說嘛，我不會生氣的
不必想太多啦
快點說嘛
喂 喂
他那種「古意」的表情，答案已經很明顯了

？

之後…

真希望
自己看起來年輕又貌美
每次說出年齡
（沒有謊報時）之後，
就很希望
能聽見這樣的回答
哇，完全
看不出來您已經
30歲了耶～
是…是嗎？
就算是
客套話也好。
我就是愛聽
為了維持好肌膚，
得攝取各種食品
納豆
芝麻
豆漿
優酪乳
維他命C
膠原蛋白
α硫辛酸
Q10
各種維他命
與礦物質
光是這些
還不夠

去了藥局
環顧四方
更是坐立難安了
糟糕
這些東西非買不可啊
莫名的驚慌
效果神速
美肌
緊膚新產品
看到那些年紀和我差不多外表卻很年輕的藝人，就有一股安全感
是因為不服老？
我也要更努力才行
莫名熱血沸騰
深津絵里
為了將來可能的整形（注射膠原蛋白之類的）花費，現在就得未雨綢繆
儲蓄
特意維持現狀
原來如此
不得了，現在就開始實行吧
莫名的驚慌
美肌

想當初

每當年紀比我小的人找我傾訴有關愛情的煩惱時
我都會回想當時的自己是怎麼處理的～
我不想再和那麼孩子氣的人交往了
她是27歲吧
想當初我27歲的時候…
我想結婚了
但男友卻還沒這個打算
內心忐忑不安
再次陷入沉思了…
整天胡思亂想，搞得兩人一天到晚吵架
我和男友們都只是玩玩啦～
這些人沒一個適合我的
她是22歲吧
想當初我22歲的時候…
…
年代久遠想不起來了…
再次陷入沉思了…

嗯—

選曲

參加聯誼去KTV時，我常無法決定要唱什麼歌
最近很紅
旋律可愛…
大家都喜歡的歌…
猶豫
不決
啦啦啦
啦啦啦
哦
請問這首歌是〈榕樹下〉嗎？
啊
驚
好懷念唷—念小學時超流行
此後，我連哼哼唱唱都無法決定要哼哪首歌了…
突然被聽見也不會丟臉聽起來愉快又讓人覺得可愛的曲子…？
猶豫
不決

啦啦啦

魅力女人之道

「魅力膚質」
「魅力彩妝」

「魅力髮型」
「魅力內衣」

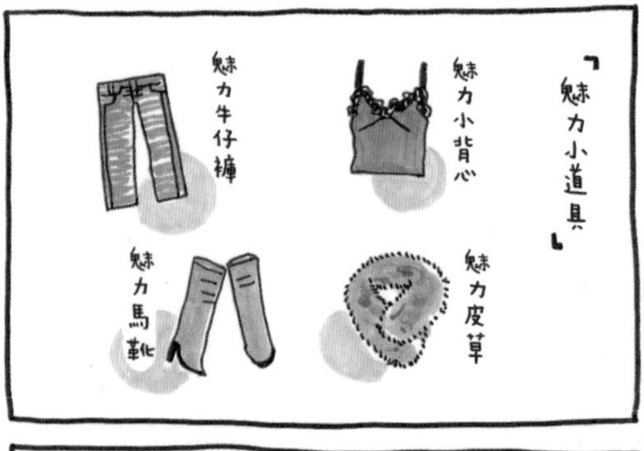
「魅力小道具」
魅力小背心
魅力牛仔褲
魅力皮草
魅力馬靴

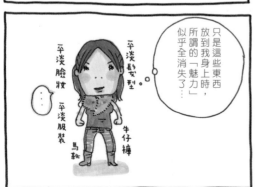

只是這些東西放到我身上時，所謂的「魅力」似乎全消失了…
平淡髮型
平淡臉妝
…
平淡服裝
牛仔褲
馬靴

嗯嗯
魅力女人

讓肌膚年輕10歲
9800
哇 好誘人
唔 但仔細想想…… 要9800日圓……
就算不可能真的年輕那麼多
至少能讓我的皮膚維持在該有的年紀吧
平常用的(2980日圓)
裡面幫您放了新產品的試用包唷
請您試用看看
但是…就是抗拒不了
這種微妙的心情啊
皮膚維持在該有的年齡是沒錯
適合28~30歲女性的肌膚
…

該有的年齡

唔—

心算

小時候
我的算術成績很差
哼
學算術根本是為了應付學校的考試嘛
大人還不是都用計算機
長大後
42歲的黛咪•摩爾嫁給比她小15歲的男生…
42 - 15 27歲
哇!
換成是我…
31 - 15 16歲
真驚人!
這個女明星是1966年生，小孩3歲…
2005 - 1966 39歲 3 36歲
36 - 31 5
36歲時生孩子的呀。
那我還有5年
什麼嘛
我騙這傢伙自己只有28歲…
差點又閃神了
2005 - 28 1977年生
所以高中畢業是 1977 + 18 1995年
心算卻變成我的強項!

1+1=2
2+4=6

房間裡的秘密

想清楚後
絕不後悔
…
別理會
討厭的傢伙
…
別理會
討厭的傢伙
每當我沮喪
或心血來潮時
就會寫寫這樣的句子
貼在看得到的地方
嗯
好
想清楚後
絕不後悔
忘記
撕下來了……
眼睛不知
該看哪的
可憐蟲
…
想清楚後
絕不後悔
啊

之後…

容易產生
負面情緒的我—
常常一不小心
就陷入情緒黑洞裡
所以我會寫些
自我勉勵的話
來鼓舞自己
嗯
百円店買的白紙
只是這些詞句
不見得多高雅⋯
像標語？
節約第一
勇往直前
難道說，
這種自我勉勵
本身也是一種
負面情緒的表現？
（寫著寫著就發現了）
真糟糕

我們家人的個性似乎都偏向消極？
負面能量——
老爸常說看相田三緒的書可以讓他更有活力—
這本書不錯
我也有一本
（不愧是父女…）
由於已經習慣家裡貼著標語，有人來時常會忘了先把它們撕下來
修冷氣的工人
…
節約第一
啊，又忘了
附帶一提，現在貼在家裡的是這一張
慌張易出錯。
老是驚慌失措的個性

教育訓練…

今天我要為新員工進行教育訓練
那麼先講解客服人員的六大用語～
別緊張，妳可以的
讓您費心了
是
一點也不難唷
這時候…對，可以用計算機算一下
然後改一下收據，蓋個章。別忘了寫上日期
是
好
對，這樣就行了
啊，職業病又犯了…
謝謝光臨～
客
啊

占卜…

哦，野村小姐今天戴眼鏡耶，真是罕見
妳今天心情不太好的樣子喔？
怎麼啦？
無精打采
……
不論是電視或手機占卜，都說我今天運氣超背～
要戴眼鏡改運，喝豆漿才會帶來好運
喔…
噗—
沒想到妳竟然會相信這一套
真可愛～
呵呵
占卜這種東西啊聽聽就算了
把好的部分當真就好
對啊
像我呀，如果今天最幸運的是牡羊座，我就假裝自己今天是牡羊座的～
今年若是流年不利，我就假裝自己今年是28歲～
所以至今都是好運連連
…

占

帶勁的抖動…

一個豬排飯…

累死了─
肚子好餓喔…
真想吃一大碗豬排飯
去買個便當回家吃吧
咕嚕~
豬排飯
豬排飯
豬排飯
豬排飯
豬排飯
豬排飯
咕嚕~
咕嚕~
呵呵
歡迎光臨
啊
請給我…
一份小碗蔬菜烏龍麵外帶
扭捏

咕~

之後…

當天心裡只想著要吃豬排飯～
小碗蔬菜烏龍麵，哪夠塞牙縫啊…
豬排飯
豬排飯
咕嚕～
晃
之後跑到便利店去找豬排飯，可是…
賣光了…
便利商店的豬排軟趴趴的，不是很喜歡
晚上10點—
附近的超市已經打烊，所以跑去遠一點的24小時超市碰碰運氣
衝呀—
先回家再騎腳踏車出門
沒有豬排飯，連豬排都賣光了—
淚—
難道只能買材料自己做？
但我很不會炸東西…而且也太麻煩了…
可樂餅

對了，便當店開到11點，再去看看好了—
22:35
來得及嗎
早知如此，當初就該買豬排飯便當的!!
搞得自己像個傻瓜似的
唔—
火速——
於是，晚上11點—
在離剛才那個超市不遠的某餐館
終於吃到豬排飯了!!
開動了
咕嚕~
（美夢成真）
一個30歲的單身女子—
比起外帶便當回家，一個人在餐館吃豬排飯顯得更悲涼
真好吃
嚼
嚼
但豬排飯實在太好吃了~管他的♡

愛面子

咦？那不是前田嗎？
國中時期的…
真懷念－她又搬回來這裡住了嗎～？
不曉得她現在做些什麼？結婚了沒？
一點都沒變耶～
但我現在不想和她見面
出門沒化妝
衣服也邋邋遢遢的
偷偷摸摸
萬一她反問我的事情…
沒結婚…
沒男友…
工作普普通通…
何時才能和她面對面聊一聊啊？

計算

聽說他離婚了—

（只針對想婚者）腦海中會下意識的計算目前尚存的單身男性人數

回話

還是單身好啊—
每天開開心心的，想幹嘛就幹嘛，真是令人羨慕哪～
唉—
這時候
回幾句話才顯得有禮貌
才不是這樣呢—
我覺得結婚生子的人才是幸福呢～
這時候
你們這些單身貴族哪
哪能體會帶孩子的辛苦—
唉—
可是這句回話
可是，妳也同樣無法體會單身的痛苦呀—
……無論如何都說不出口呀

貧血

身體不太舒服
所以遲到了……

要不要乾脆
回家休息？

此時，
映在鏡子裡的
那張蒼白、
纖細的臉孔

空靈虛無
的模樣……

這真的有效？
有效有效，而且是馬上見效
沙
記得連這顆藥一起吞哦
竊竊私語
這樣效果更好，但別跟其他人說唷
這是祕密…噓
那個粉…是做什麼用的呀？
妳們在茶裡加了些什麼…？
驚
沒什麼啦…
呵呵呵
膠原蛋白
+
維他命C
這是大人喝的飲料
和妳無關啦

大人的…

笑

排毒生活

閃—
排毒回春

開始實行排毒計畫
排毒茶
咕嚕
咕嚕

毒素應該排出來了吧

排毒原理不知是否和受洗一樣…
如果體內的髒東西都能被排掉…
含鉻的沐浴乳…
汗流不止~

果真如此的話，即使今年流年不利，霉運也能跟著被洗光光囉…

連厄運也統統排除吧…

之後…

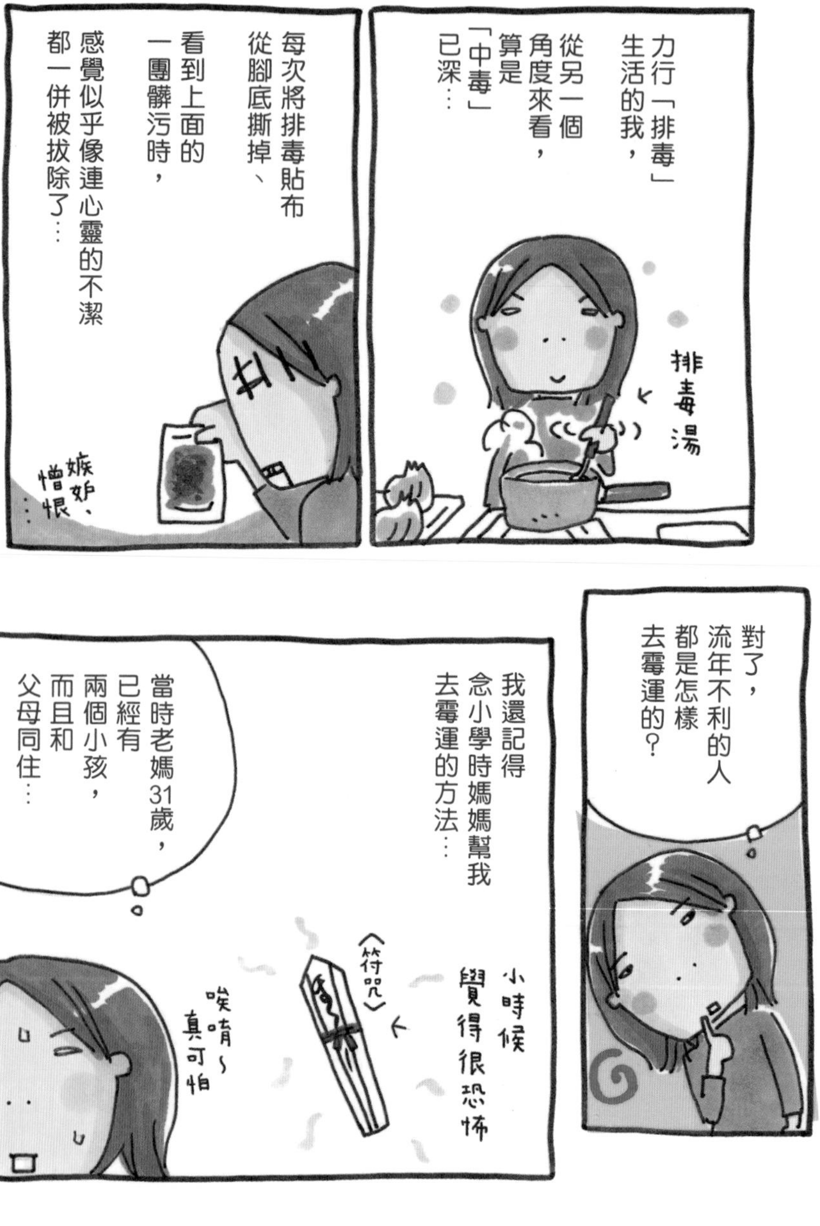
力行「排毒」生活的我，從另一個角度來看，算是「中毒」已深…
排毒湯
每次將排毒貼布從腳底撕掉、看到上面的一團髒污時，感覺似乎像連心靈的不潔都一併被拔除了…
嫉妒、憎恨…
對了，流年不利的人都是怎樣去霉運的？
我還記得念小學時媽媽幫我去霉運的方法…
小時候覺得很恐怖
〈符咒〉
當時老媽31歲，已經有兩個小孩，而且和父母同住…
唉唷～真可怕

可有可無的工作
少得可憐的存款
沒男友
甚至連霉運都懶得找上我
這種身無一物的感覺……好空虛呀
但我的心情，還一直停留在27歲唷
唷呵★
流年暫時還找不上我啦
妳有沒有大腦啊……
內心另一個分身
知道了啦
好啦好啦
總之，排毒生活真的很不錯
可以讓妳的身體乾乾淨淨
大家不妨試試
一定要把毒排乾淨唷

大發現

朋友來家裡暫住
借用一下浴室
沒問題～就當自己家
細嚼慢嚥
哦哦被我發現了～
啊 那…那是
前男友的啦
男用刮鬍刀
幹嘛緊張兮兮的～沒什麼好害羞的啦
小事一樁
嘿嘿
不過，這東西女生也能用嗎？
妳該不會以為我在用這東西吧？

諮商對象

男朋友分手了—
妳一定很難過吧—
到了這把年紀，多少會遇到一些年輕人來找我傾訴心中的煩惱
經驗豐富的成熟女人畢竟比較值得信賴呀~
跟森下小姐吐完苦水，心裡平靜多了
這種事情啊，我才不想找那些幸福的人說哩
妳的意思是我看起來一點也不幸福嗎？

這樣啊—

回家的路

呼—好累呀
肚子餓了~
那我往這邊走囉
咦？
那條路暗暗的，行人也少，妳不怕嗎？
可是走這條路比較近
反正才6點
就是因為暗暗的人又少，我才方便邊吃包子邊走路回家呀—
嚼
嚼

看起來像幾歲？

想清楚

有人約我一起吃飯—
反正妳一定有空對吧？如何啊？
……
只是一起吃個飯
雖然不是我喜歡的類型
而且我也沒約會
……OK吧？
猶豫
山下最惹人厭了，工作能力差卻老喜歡說大話～
這個時期（耶誕前夕）
對啊♪
不管誰來約一下子就答應的我實在很糟糕
森下小姐～
森下小姐，這個星期六有聯誼，妳要不要參加？
我可以去嗎？
我還想找高野一起去呢～
她說很想交男朋友～
但在這個時候，還是有人能冷靜的看待男性—
呵—人家偶爾也想參加呢～
已婚
單身無男友
20世代後半
30世代

蘆薈
礦物質
膠原蛋白
10Q

之後…

耶誕節耶…
呵
25日那天和朋友約好了
但23、24日沒有任何約會～
嘿嘿
因為我從事的是自由業，每年此時都得工作
過年時一樣要上班
歡迎光臨～
以前，店裡有一棵耶誕樹曾經活活枯死
糟糕，才12月中
難不成是吸收了我對耶誕節的怨念而死的？

31歲單身準備過耶誕節
耶誕樹擺了一整年…
上面積滿一層的不是雪是灰塵…
趁22日先儲備23、24日要吃的食物
反正不管去哪都是人擠人
呵
咚
即使當天上班沒有特定想穿的服裝，也要裝出一副精心打扮過的模樣
今天有沒有約會呀?
啊呵呵呵
然後再裝成像跟人家約好了似的快步趕回家～
嘿咻～
卡
卡
卡
最後以單人火鍋收場
呼～

才不是小事呢

森下小姐，妳的額頭流血了！
喔，剛才撞到了一下～
哇，怎會這樣！
妳…妳還好吧？
還是去保健室處理一下吧
這種小傷沒關係啦
不必大驚小怪…
啊！有皺紋？
天哪—
必須立刻處理！
而且還是深層皺紋耶
慌慌張張
卡啦

滑
撞

年紀有別

我老公根本沒把我當女人看待
夫妻同時出軌
W的外遇實態
真差勁～
如果是我爸媽，我一定難過死了
乾脆離婚算了
從女兒的角度來看（21歲）
但老公有外遇，老婆心有不甘也是人之常情啊
老婆也是女人，同樣也會渴望愛情
從妻子的角度來看（28歲）
唉，要維持一個家不容易呀
如果彼此都那麼任性，要怎麼共組家庭呢？
嚼
實在太天真了
從小姑的角度來看（31歲 未婚）

一個人的耶誕節

去年的耶誕夜
啦啦啦
真好吃
嚼嚼
鈴—
鈴—
請在嘟一聲後留言
嘟嘟嘟
嘟嘟嘟
我現在不在家
嗝~
為了讓大家以為我出門徹夜狂歡去了…
絕不能接電話，更不能回簡訊
乾杯
呵呵

郵購的乳酪蛋糕
香檳

賀年卡

今年要不要買幾張賀年卡呢～
哦，您要寫賀年卡呀？好正式唷
我啊，頂多發幾通簡訊而已—
而且只回給有發簡訊來的人
是喔～
但有幾個朋友一定要寫賀年卡才能聯絡得上—
如果不寄卡片，就沒辦法保持聯絡了…
而且，一旦我結婚或生子了
到時萬一無法聯絡到這些人，也是挺麻煩的呢

今年的記事本

看著記事本
一邊回想
今年發生的事
每天的計畫
夢想
減肥日記
花費紀錄
飲食紀錄…
內容真是
豐富啊
這個便便
符號究竟是…？
（告別便秘紀念日）
翻
對了，
當初剛買記事本時，
很興奮的
寫下了給明年的
自己的留言
16
WED
祝31歲的我
生日快樂
17
呵呵
23
FRI
耶誕夜前一天♡
24
SAT
耶誕夜派對
可別喝得
太醉唷
25
SUN
既然是耶誕節
也是應該的啦

買了明年的記事本
有點貴 但看起來很好用
馬上就想先寫些什麼
耶誕節一定要去狂歡
(明年一定要做到)
好生日那天也要辦派對
3月之前要減肥5公斤
6月要去旅行…
啦啦啦
20 FRI
21 SAT 該染髮了
22 SUN 上健身房
27 FRI 發薪日
28 SAT 去逛街
29 SUN 成功減肥5公斤
2006的記事本寫滿了我的夢想、期待與妄想…
但要實行畢竟有困難…
所以又買了另外一本…
作夢用
現實用
(買便宜的就好)

明年的記事本

買哪一本好咧？

之後…

又到了
回頭審視今年的時期
2005
我的２００６年記事本寫滿了
我的期待、妄想、現實與憧憬
從頭看一遍
實在有趣…
16日那天
和木村拓哉
吵架呀…
作夢日記
今年的目標是
1 減肥
2 存錢
3 積極戀愛
也許
沒有一個
能達成…
老實說，當初開始寫
這本書的時候
曾經有個宏願…
呵呵呵

即便如此，這樣的我
明年終於要把自己嫁掉了
謝謝大家
如果結局真是如此，那就太～棒囉
心中如此暗想…
但是咧
如今依然是單身…
不過，我已經買了新的記事本
明年的目標
1 減肥
2 存錢
3 積極戀愛
已經成為我人生的三大目標囉

惠美子過生日

2月16日是我的生日——
又到二月了…
日子過得真快
這個月要過生日囉…
對了，來看看去年2月16日寫的日記
2005/02/16（四）
還是沒有男友。
身邊沒有存款。
好想辭掉工作。
唉，這個滾滾紅塵哪…。
…
呆～
不過今年已經不像去年那般沮喪
都30歲了，應該也習慣這種情況了

對了，今年的生日，也來做點特別的事吧
（每年的例行公事）
去年買了這個戒指
覺得能夠保佑我
前年則是去廟裡拜拜
唔～
再之前是去剪頭髮
今年想做點讓自己脫胎換骨的事～
嗯～要做點啥咧
即使沒什麼了不起的計畫
2 2006 February
13 M
開會 11:45～
14 T
付帳單!!
15 W
16 T
に行く
每年2月16日都會排休假的我～
也許到時會有好事發生呢…
大驚喜什麼的…
（從沒發生過）
2月份排班表

全身SPA
來個一日遊也不錯
嗯嗯
啊哈
買樂透
不管多少歲，生日總是令人開心
只是，年紀越來越大這個事實卻讓人掃與
我喜歡人家祝我生日快樂
但很介意人家問起年齡…
因此，我總是
盡可能低調的迎接生日的來臨…
悄悄地～

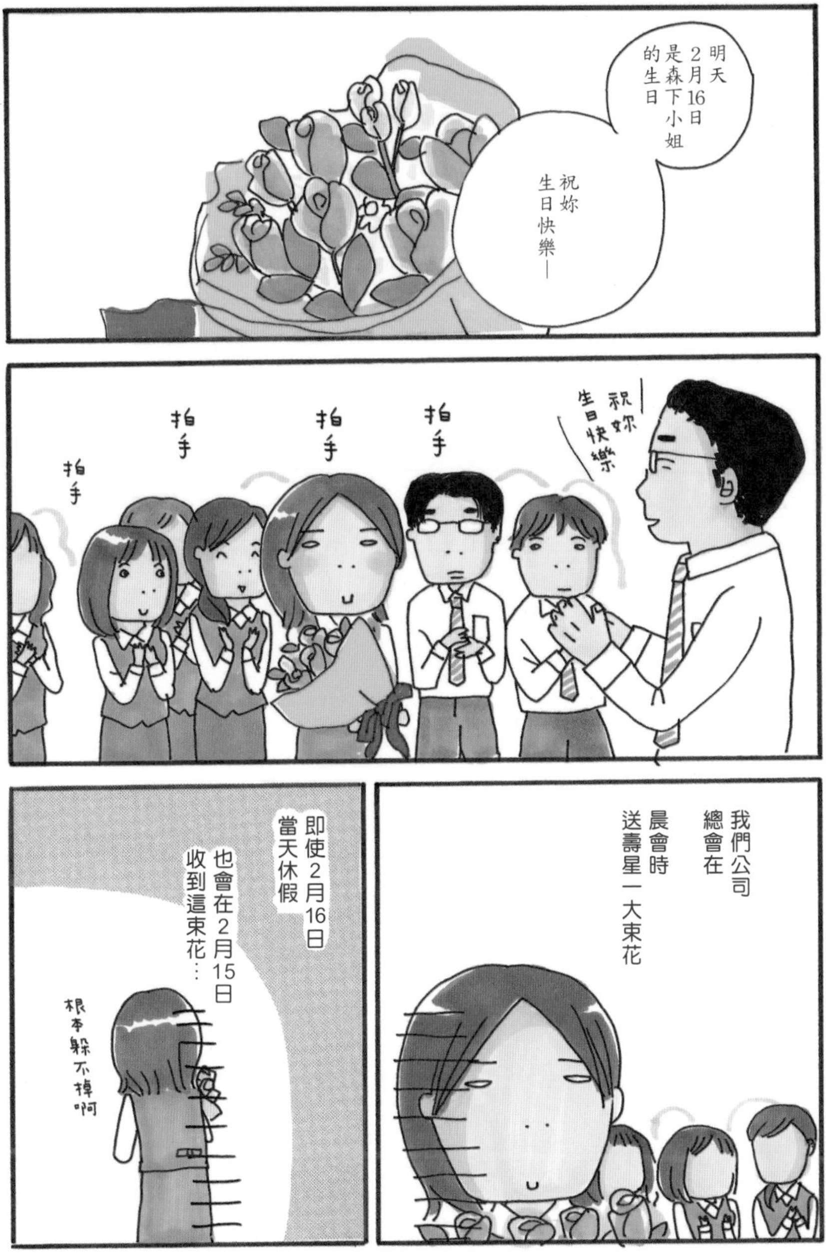
明天2月16日是森下小姐的生日
祝妳生日快樂—
祝妳生日快樂
拍手
拍手
拍手
拍手
我們公司總會在晨會時送壽星一大束花
即使2月16日當天休假
也會在2月15日收到這束花⋯
根本躲不掉啊

不過，我發現沒有人問我「您今年幾歲了？」…
這玫瑰花真漂亮～
是因為顧慮我的感受嗎…？
一定花了不少錢
還是不必問也知道？
又或者根本沒人有興趣問？
心底冒出許許多多問號…
啊，花束耶，是森下小姐的嗎～
哇—
恭喜您
沒什麼啦～
生日呀？那這個麵包分妳一半～
呵呵
真不好意思
生日呀？那我請妳喝飲料
真不好意思
生日啊？那這工作交給妳～
呵呵
大家對壽星都特別大方☆
不必了～

到了2月16日
哈嗚~
祝賀的簡訊不斷傳了進來
呵呵
我來介紹幾個有趣的內容給大家瞧瞧—
生日快樂
不必用力
不用放棄
一步一步向前邁進
口氣很有相田三緒的豪爽性格…
生日快樂
惠美子的生日好像跟某名人是同一天？到底是誰啊？~
2月16日的話…就是常常上新聞的那個…
北之……
生日快樂
我最近因為壓力大得了腸胃炎，我們都要好好注意身體健康唷
前公司的前輩—前輩…
嗚嗚…
對了
今天有安排節目呢
起身
該準備一下了

佐藤牙醫
痛的話要講哦—
好，要開始囉~
緊張
發抖
呼~
我去拔掉虎牙了—
呵呵
以前就很想去拔掉了
因為笑的時候老是會露出來
而且會讓牙齒看起來很不整齊
就在這邊
一直沒有特別找時間去拔

拔了牙齒
當作今年的
生日紀念
32歲的我
已經脫胎換骨囉
☆
雖然還塞著棉花
大家好啊
抽痛
抽痛
麻醉藥
漸漸退了…
抽痛
抽痛
今天很早就下班了
要不要一起去喝一杯呀～
既然是妳生日
那就我請客囉～
我知道有一家店不錯唷
是義大利料理餐廳
抽痛
抽痛
看來，
32歲還是
有它的好處啦…
…
抽痛
抽痛

30歲世代
單身無男友
也沒有中意對象的我
即便如此，
還是有一個好處
那就是
生活再懶散
也沒有人會
碎碎唸
悠閒
極了
之所以能
無憂無慮的
過日子
放假日
通常都能
睡12小時
還多虧了
這個「悠哉」
之所賜
可是進入30歲，
我發覺這種悠哉生活
似乎已經
慢慢從我
體內蒸發了⋯⋯

也許，談個戀愛能讓我有所改變吧
女人本來就是戀愛的動物呀
但即便有這樣的想法
這幾年來還是毫無進展
…
而且最近我還發現了一個現象…
30幾歲的男同事根本沒把我當女性看待
那邊的東西也要全部搬過來
可是20幾歲的男同事或來打工的年輕人就非常體貼
那很重，我來搬吧～
可是，他們應該不是因為我是女人
而是把我當老人看待吧？
這個字有點小，妳看得清楚嗎？
他們會想跟年紀大的女人談戀愛嗎？
我想應該不會
嗯—
（鎖定對象為比自己小的年輕人）

這樣下去可不行啊
挺胸
我一定要做個有魅力的女人!!
對吧
是啊!!
回頭想想
我以前應該也曾經是個迷倒眾生的妖嬌女人吧—
ㄜ…從來就不是—
但倒是受過妖嬌女人不少的氣
討厭,惠美子看起來好兇喔~
什麼
以至於我開始討厭那些娘娘腔的東西
粉紅色的荷葉邊洋裝
心形飾品
有蝴蝶結的飄逸短裙
蕾絲小背心
與它們漸行漸遠
但如今我已邁入30歲
不妨放下心結再試一次吧

放下心結…
扣不上
可惡—
拉開
試穿好了嗎～
雖然我已經放下心結
但這種妖嬌的服裝已經不適合現在的我了
衣服可以嗎？
ㄜ…大小是剛好啦
但我想再看看其他款式～
我認為，所謂30歲的魅力女性
應該和20幾歲的女生不同能從內而外散發出成熟女性獨有的風情、俏麗與優雅
女星石田百合子是典型範例
沒錯，光靠服裝是不夠的
改變舉止與說話方式才是重點

哦，原來如此～
打造完美女人
原來，這是成熟女人必備的舉止呢
挽著包包時，手由外而內穿入看起來更俐落
ㄟ？
我的手明明是由外而內穿入提著包包的呀
什麼時候變成這種歐巴桑的提法？
咦？
是變魔術嗎？
太奇怪了
ㄟ？
另外我對這點也很感興趣
讓男人心動的瞬間!?
撿東西的瞬間
雙腳併攏
蹲
唉～
ㄟ咻
搖晃～
起立時還會發出ㄟ咻聲實在糟透了…
該練練腹肌了？
…

「男人無法抵擋母愛十足的女人」
這一點我倒是挺拿手的
呵呵呵…
因為前陣子有個剛進公司的菜鳥
哦～妳第一次一個人住呀？
有沒有好好吃飯哪？門窗有沒有關好呀？
森下小姐好像媽媽唷～
呵呵
沒什麼啦哈哈
內心竊喜
但是讓男人迷戀的母愛，應該不是指這種
而是像銀座酒吧媽媽桑那樣的吧？
您好，請坐
呵呵…
不過，我還是大致明白了
怎樣的女人才會受人喜愛
如何才能做個有魅力的女人
畢竟我也在這世上活了32年了。
如今，首要之急就是要改變
這種懶散的生活
懶散的身體
懶散的性格
一針見血

例如，雖然我非常勤於美容保養
夜間的保養工作
早上—
幾點了？
驚醒
哇～快遲到了～
火速～
快——跑
即使我努力的保養
早安
呼
呼
但早上卻是這個樣…
偷偷躲起來吃早餐
如果生活能夠更有規律
就能有這樣的結果吧
早上有充裕的時間
仔細把妝化好，還能上睫毛膏
精心打扮

不必急急忙忙的趕去上班
也許就有充裕的時間發展新戀情
心動
早上若有充裕的時間做便當
就能展現出自己女人味的一面
哦，不錯唷
讓自己散發出成熟女人風情的充裕時間哪
現在的我最需要的既不是全身美容也不是流行服飾
而是追加兩個鬧鐘!!
總計4個
早晨—
唔
加油啊，我自己。

後記

拜此次出書之賜，
讓我有機會再看一次之前所畫的原稿。
嗯～沒什麼男人緣，
甚至連個暗戀的對象也沒有，
房間也亂七八糟的……。
在10幾20歲時所想像的30歲的自己，
大概就是這副模樣。
我想今後大概也是如此吧……
呵呵呵……
在網站上連載了半年，
最令我開心的莫過於

「我也是這樣耶」「我了解這種心情」～
得到諸多此類的迴響，
讓我忍不住想要與對方緊緊握手呢。
（選舉式的雙手緊握☆）

最後，我要向促成本書出版的朋友致謝。
尤其是經常得等到截稿的最後一刻——
讓我添了許多麻煩的今尾小姐，
實在太感激妳了！

還有還有，
要向讀完本書的你
獻上我最真摯的感謝之意！
（緊緊握手）

Titan 035

我的單身不命苦

作者：森下惠美子
譯者：陳怡君
手寫字：郭怡伶
發行人：吳怡芬
出版者：大田出版有限公司
台北市106羅斯福路二段95號4樓之3
E-mail:titan3@ms22.hinet.net
http://www.titan3.com.tw
編輯部專線:(02)23696315
傳真:(02)23691275
（如果您對本書或本出版公司有任何意見，歡迎來電）
行政院新聞局版台業字第397號
法律顧問：甘龍強律師

總編輯：莊培園
主編：蔡鳳儀
編輯：蔡曉玲
行銷企劃：黃冠寧
網路企劃：陳詩韻
美術設計：郭怡伶
校對：謝惠鈴/陳佩伶
承製：知己圖書股份有限公司 (04)23581803
初版：2007年（民96）十一月三十日
再版：2012年（民101）二月八日（四刷）
定價：新台幣220元
總經銷：知己圖書股份有限公司
（台北公司）台北市106羅斯福路二段95號4樓之3
TEL:(02)23672044．23672047
FAX:(02)23635741
郵政劃撥帳號：15060393
戶名：知己圖書股份有限公司
（台中公司）台中市407工業30路1號
TEL:(04)23595819 FAX:(04)23595493

國際書碼：ISBN 978-986-179-075-6 / CIP 861.6/96018676

廣 告 回 郵
北區郵政管理局登
記證北台字1764號
免 貼 郵 票

From：地址：

姓名：

To：大田出版有限公司　編輯部收

地址：台北市 106 羅斯福路二段 95 號 4 樓之 3
電話：(02) 23696315-6　傳真：(02) 23691275
E-mail：titan3@ms22.hinet.net

※請沿虛線剪下，對摺裝訂寄回，謝謝！

大田精美小禮物等著你！

只要在回函卡背面留下正確的姓名、E-mail和聯絡地址，
並寄回大田出版社，
你有機會得到大田精美的小禮物！
得獎名單每雙月10日，
將公布於大田出版「編輯病」部落格，
請密切注意！

大田編輯病部落格：http：//titan3.pixnet.net/blog/

智 慧 與 美 麗 的 許 諾 之 地

讀 者 回 函

你可能是各種年齡、各種職業、各種學校、各種收入的代表，
這些社會身分雖然不重要，但是，我們希望在下一本書中也能找到你。
名字／＿＿＿＿＿＿ 性別／□女 □男　出生／＿＿＿年＿＿＿月＿＿＿日
教育程度／
職業：□ 學生□ 教師□ 內勤職員□ 家庭主婦 □ SOHO族□ 企業主管
□ 服務業□ 製造業□ 醫藥護理□ 軍警□ 資訊業□ 銷售業務
□ 其他＿＿＿＿＿＿＿＿＿＿
E-mail/＿＿＿＿＿＿＿＿＿＿ 電話／＿＿＿＿＿＿＿＿
聯絡地址：
你如何發現這本書的？　書名：我的單身不命苦
□書店閒逛時＿＿＿＿書店 □不小心在網路書站看到（哪一家網路書店？）＿＿＿＿
□朋友的男朋友(女朋友)灑狗血推薦 □大田電子報或編輯病部落格 □大田FB粉絲專頁
□部落格版主推薦＿＿＿＿＿＿＿＿＿＿
□其他各種可能 ，是編輯沒想到的＿＿＿＿＿＿＿＿
你或許常常愛上新的咖啡廣告、新的偶像明星、新的衣服、新的香水……
但是，你怎麼愛上一本新書的？
□我覺得還滿便宜的啦！ □我被內容感動 □我對本書作者的作品有蒐集癖
□我最喜歡有贈品的書 □老實講「貴出版社」的整體包裝還滿合我意的 □以上皆非
□可能還有其他說法，請告訴我們你的說法

＿＿＿＿＿＿＿＿＿＿＿＿＿＿＿＿＿＿＿＿

你一定有不同凡響的閱讀嗜好，請告訴我們：
□哲學 □心理學 □宗教 □自然生態 □流行趨勢 □醫療保健 □ 財經企管□ 史地□ 傳記
□ 文學□ 散文□ 原住民 □ 小說□ 親子叢書□ 休閒旅遊□ 其他＿＿＿＿＿＿
你對於紙本書以及電子書一起出版時，你會先選擇購買
□ 紙本書□ 電子書□ 其他＿＿＿＿＿＿＿＿
如果本書出版電子版，你會購買嗎？
□ 會□ 不會□ 其他＿＿＿＿＿＿＿＿
你認為電子書有哪些品項讓你想要購買？
□ 純文學小說□ 輕小說□ 圖文書□ 旅遊資訊□ 心理勵志□ 語言學習□ 美容保養
□ 服裝搭配□ 攝影□ 寵物□ 其他＿＿＿＿＿＿＿＿
請說出對本書的其他意見：

大田出版有限公司編輯部 感謝您！

＊請沿虛線剪下，對摺裝訂寄回，謝謝！